大好文學

2

愛在‧桃花盛開的日子

高小敏 ——著

Bai Lee ——插畫

目錄

踏出愛情成功的第一步

前中華電視公司節目部經理、導播　李繼賢

　　第一次看到高小敏首本影視原創 IP 小說《我愛‧機車男》至為驚訝，難得有人把劇本與小說創作合而為一。

　　高小敏與我是電視圈的多年好友，想起一路走來我倆許多的第一次，包括攝影棚合作錄製節目、新書發表簽書會、愛心企業慈善捐款記者會，及退休後獲聘紅白娛樂製作公司節目總監，共同策劃製作大型歌唱音樂節目。

　　從高小敏身上看到多項第一的紀錄，作品不斷創新，看到他對影視音樂創作工作的企圖心，如今又看到他的最新創作、第八號作品《愛在‧桃花盛開的日子》出版。

　　這本青春文學愛情小說，故事主軸是追求愛情就要勇

敢表達愛意，鼓勵時下青年男女機會來時，要勇敢且大聲說出我愛你，桃花盛開是多麼好的意境，願天下有情人終成眷屬。

即將出版的《愛在・桃花盛開的日子》，我們拭目以待，喜歡及關心支持高小敏作品的書迷，更是不可錯過，希望幸運的讀者能踏出愛情成功的第一步。

充滿正能量的暖男發電機

谷野會館 / 美麗國攝影渡假村總經理　朱開泰

　　算一算和小敏認識的時間也快二十年了，此次有緣幫小敏的新書《愛在・桃花盛開的日子》寫推薦文，我想書的內容留待讀者自己去細細體會，我就從我對小敏的認識說起，也讓讀者們多認識作者的部分個性，或許也可在這本小說 ，找到作者所投射出的愛情故事……

　　在我還是攝影師的時期，偶爾會幫小敏旗下的藝人拍宣傳照，就感受到他做事情的細心與堅持；無論從藝人的整體形象設計、服裝搭配、攝影燈光，甚至連化妝的眉型等小細節，小敏都會不厭其煩的和專業人員溝通，親力親為，務求做到盡善盡美，不知這算不算龜毛，也許就是這

樣的個性，讓小敏跨足各個領域都做得很到位：電視製片人、導演、作家每個角色，小敏都能拿揑得剛剛好。

如果你有機會和小敏面對面坐下來喝咖啡、聊聊天，你就能感覺到他就像是個充滿電力的發電機，天馬行空，無所不談，對事情的看法都很正能量，而且腦子總有源源不斷的創意，如果你要問小敏的感情世界，我認為他就是那個會寵壞女生，默默為女生寫歌、默默為女生付出的真心暖男！

祝福小敏新書大賣，也祝福讀者們都能鼓起勇氣，勇敢表達，讓這個社會真愛多一點，幸福多一點！

歷經人生百態，善於洞悉人性

杭州幸寶健康管理有限公司總經理　劉關章

　　認識小敏老師已二十多個年頭了，從台灣收視率最高的金牌製作人身份，現在又是膾炙人口的創作小說家，讓本人非常感佩不已。

　　小敏老師長年浸潤於娛樂業界並歷經人生百態，善於洞悉人性，無論情節的複雜、人物的刻畫、語言的華美，對情感描寫的深刻，展現出不斷超越與創作的企圖心，達到另一番新境界，所以我特別推薦他的新書《愛在・桃花盛開的日子》。

　　小敏老師恭喜您，預祝新書大賣。

追求愛情的第一步，就從這本書開始

萬利國際開發有限公司董事長　何港生

聽到我的摯友小敏哥，即將出書非常高興，也很榮幸被邀請寫推薦文，於是我立即空下手邊工作，很認真的寫下真心文字來推薦我這位摯友。

小敏哥正直又重情義，對待朋友如同家人般的照顧及幫助，在人生的態度上一直充滿正面能量，與他接觸後不得不被他吸引著。要創作出一本佳作，非常的不簡單，但他卻做到了。

很開心能被邀請寫推薦文，讀者諸君想追求愛情的第一步，先從閱讀這本好的創作開始。

祝賀小敏哥新書《愛在・桃花盛開的日子》小說大賣！

期待，屬於你的桃花盛開

藝人 曲君展

　　古人善借桃花之名詠春，故陽春又名「桃花春」。桃花是美人、芳華、青春的代名詞。人面桃花相映紅，桃花依舊笑春風。春日裡每每看到絮風中飄落的桃花朵朵，陣陣幽香襲來，此情此景，才子佳人桃花樹下含情脈脈，凝視相望，愛在桃花盛開的日子。

　　獲悉金牌製作人小敏老師即將推出新作《愛在・桃花盛開的日子》，今特撰文分享。

　　桃花運：愛戀的好運氣，你是否擁有好運桃花？是否考慮談一場桃花盛開時的戀愛？是否還在苦苦尋找你的另一半？是否因為桃花繁盛而迷失在你的「桃花林」中，樂

不思蜀，流連忘返？時下快節奏的生活，使得年輕人的愛情觀念不斷更新變化。如果你想為你的這朵桃花尋找一個合理的答案，那麼請收下小敏老師的這本《愛在‧桃花盛開的日子》。

　　你所尋找的答案就在此本戀愛寶典中，祝您好運，期待屬於你的桃花盛開時的愛戀故事……

感恩得助力，謙卑得人緣

億立汽車 CEO 楊承翰

我與小敏老師因為一台車結緣認識。

在小敏老師身上，讓我體認到不管做任何事就是在做人；他為人剛正不阿、正氣凜然、幽默風趣的藝術家氣息，發自內心的善待所遇到的人、事、物，做甚麼都要做到最好，把持這樣的原則不管做甚麼事，從事甚麼行業，都能成為大家學習的對象。雖然跟小敏老師不同領域，但是從談話中深深地感覺到能受到老師提攜的年輕人是多麼的幸運，而我就是其中之一。

從「養魚」到「人生的經歷」，再到情感的分享，不同的經歷對於不同的人都是成長的養分，小敏老師將這些

養分化為文字不吝嗇地與大家分享！

　　愛在當下，分享愛。

　　祝賀小敏老師第八本最新作品《愛在・桃花盛開的日子》青春文學小說狂銷大賣！

　　這是一本值得收藏的作品，看完了好桃花就來了。

找到自己的好桃花

玲子花藝工作室創始人　錢曉玲

　　初次見高小敏老師是在美麗的城市：蘇州。

　　對高小敏老師的第一印象是隨和、幽默風趣，積極俐落。當時也正值我事業低谷期，但高老師敏捷的思維和積極的人生態度給了我很深的啟發，高老師也給了我很多的寶貴意見，是一位非常充滿正能量且智慧的人，相信你見過高小敏老師就一定會被他的這些特質所吸引。讓你不得不去探究他和他背後的作品。

　　《愛在‧桃花盛開的日子》是高老師第八本青春文學原創故事愛情小說，給時下年輕朋友想要追求愛情，卻又不知如何著手的一本好書。如果你不知道如何追求完美的

愛情，相信這本書一定會給你帶來意外的收穫，因此我強烈推薦大家來讀這本書，希望讀到高老師這部作品的單身朋友們，很快都能找到自己的好桃花。

　　預祝高老師新書大賣。

作者序
勇敢為愛告白

　　在娛樂圈多年看多聽多了許多女藝人，為了有好桃花花錢整理自己的外在美。

　　其實男女在一起最重要的基本條件，應該是內心真誠的呈現，外在美因人而異，情人眼裡出西施，內在的真善美，是否比短暫的外在美更值得珍惜與擁有。

　　這本書是我的八號作品《愛在‧桃花盛開的日子》原創小說，感謝大好文化發行人胡芳芳女士的全力支持。當初創作這本書的緣由是在某位女藝人家中聚會，一群都是單身的女藝人平時忙著拍戲沒空交男友，當晚聊了每個人的桃花運話題。

　　又有一次受邀去科技大學演講，台下的一位學生說高

老師，像我們科技系學生一般給女生的印象，就是不擅長表達個人感情，不太會去主動追求女生。後來在創作中我仔細的想，每一個人不分男女都會希望桃花運發生在自己身上，而且一定要好桃花不要爛桃花，其實好的壞的一定要好好用心交往，才會知道彼此到底合不合適。

　　所以我在海邊的桃花樹下，寫出了這一本代表愛情的小說，送給想要有好桃花的人，不太會去表達個人愛意的男女，有喜歡的人不敢去表白，送這本書給對方，他就會知道你喜歡他了。

　　喜歡一個人一定要勇敢一點去告白，就算被拒絕也沒有關係，因為你曾經努力去試過了，萬一他接受了呢？

　　這是一本表達愛情的書，希望看了這本愛情小說的單身男女，好桃花很快就來了。

愛在‧桃花盛開的日子

故事大綱

大中在一次的桃花樹下相遇嘉文後，從此她的身影已牢牢的記住在他的心裡，沒想到在二年後，他們又見面了。

大中在工作中常常忘不了在街角看見的那一位女孩，卻不知道如何去找尋，但其實二人總是一直擦肩而過，「緣份」其實是一直發生在他們身上的，直到這一天，他們相遇了。

嘉文也在不久後認識了有錢的企業家第二代陳光宇。

遭受過感情創傷的嘉文應該接受哪一位男子的追求呢？

大中為了嘉文默默的付出了很多年，但嘉文一直不珍惜，被拒絕的大中是否應該持續下去？

光宇又會耍什麼手段來得到這一段感情呢？

一個是企業家富家少爺光宇，一個是有才華卻常常懷才不遇的大中。

嘉文應該選擇誰呢⋯⋯

大中經歷了公司倒閉後，一個人來到韓國散心，並思考著下一步該如何走，漫無目的走著來到著名的觀光勝地東大門。韓國的文化、生活態度、美食深深影響著大中，看著地圖自助旅行，與當地鄉下居民比手劃腳，一個說韓文、一個說中文，彼此只好以微笑來拉近大家的距離。

　　來到市中心後，大中認識了當地的流行文化，在自助旅行期間，一切回歸原點。頓時大中悟出了一個道理：唯有不畏艱難，在哪裡跌倒就要從哪裡站起來！旅途中帶了一個紀念品回台北，希望一切能夠更好，並對著紀念品說，希望能帶給我好運。

　　回台北後，大中便開始找合適的地點，工作室重新開張並積極的拜訪新客戶。嘉文也沈醉在許多男人的追求中，卻沒有一位能擄獲她的心。

　　三個月後，一個令人喜悅的日子到來，韓國知名品牌KK手機欲開擴台灣市場，尋求合適的總代理商，消息已

傳遍各大有興趣爭取的公司，一場商業的爭奪之戰即將展開，老實的大中又會面臨什麼樣的挑戰呢？

大中在台北成功執行旅遊案，獲得了廣大的迴響也在業界造成了不小的轟動，畢竟一般公關公司爭取的是分工團體戰，而大中只帶著一位助手就順利的接下案子，當然會造成其他公司眼紅。

當晶晶知道後，也在空閒時陪著大中在市區找房子及看傢俱，大中親自把工作室設計了一番，並與晶晶兩人共同粉刷了一遍，把老房子裝扮成新房子一般，大中發了貴賓邀請函，在香港的嘉文也確定了將前往新公司道賀。

嘉文在一次與光宇餐會時，光宇提出邀請嘉文到美國出席光宇家族產品發表會當貴賓，而嘉文拿出行程表才知道當天是大中新公司開幕日，嘉文告知光宇無法前往，這時，服務生不小心把水杯打翻，水弄到嘉文衣服，嘉文到化妝間整理衣服的時候，光宇看見嘉文放在桌上的邀請卡

要邀請嘉文當出席貴賓，光宇氣得心情敗壞耐住性子。為了愛，要得到嘉文，光宇也決定要突然現身在大中公司，給大中一個驚喜。自從大中的工作室被光宇設計的陰謀弄倒之後，也失意了一陣子，在此刻順利的有機會與嘉文接近，大中此時的出現，光宇怎麼可能會讓大中再次有機會接近嘉文呢？

嘉文的父母在一次的家庭聚會中，告訴嘉文要舉行相親徵婚，安排一些企業家富家公子給她認識，嘉文非常排斥這種交友方式，更何況是與第一次見面的人就要談婚論嫁而感到沒興趣，而嘉文告知父母目前有兩位男士正在追求她，父母知道後告知嘉文要與他們見面，那就可以考慮不安排相親，嘉文也就勉為其難地接受了，也在找適當的時機通知光宇與大中。當他們分別與嘉文碰面知道這個消息後，兩人也很開心，終於有機會能夠與嘉文的父母見面，嘉文的父親從小就一直呵護著嘉文，也希望女兒能夠嫁入

豪門，過著少奶奶的貴婦生活。

當嘉文帶著光宇出現在餐廳包廂內，並送上勞力士錶的見面禮給父母時，他們對這位光宇的表現真是滿意極了，而光宇也在用餐時一直在說自己家大、業大，哪一位女生與他在一起一定是不愁物質上的滿足，在一旁的父親非常喜歡這個第二代富少爺，餐會結束也一直在說服女兒能夠與光宇認真交往。

快到星期日了，大中高興期待這一天的到來，親自回家鄉購買了當地的土產地瓜，準備送給嘉文的父母親。

大中問候著伯父伯母，嘉文一旁介紹著，父親看見大中一身都不是名牌，而手上戴著的手表也是父親不懂的夜市地攤雜牌手錶，送的見面禮物竟然是一大箱地瓜。王父口氣刻薄的說，你一個月掙多少錢？房子是不是豪宅？物質上可以滿足我女兒嗎？一些問題考驗著大中。

王母在一旁正喝著湯，這時開口問大中怎麼認識嘉文

的，大中就把有一年在街上相遇卻不認識，直到緣份的安排才相識的過程，告訴王母，王母仔細聽著大中的說明與目前的生活工作近況。

沒想到這一聊，大中與母親竟然聊出話來了，讓在一旁的父女倆也覺得母親平時不苟言笑，卻在這一飯局中快樂了起來……大中要不要陪我喝一杯呢？伯母的邀請大中怎敢說不呢，根本就酒量不好的大中，卻在這個場合與母親喝了起來，有酒膽的大中與伯母划起酒拳來了，這個酒拳是嘉文教的，因為他們都不會，酒過三巡後，不勝酒力的大中也由友人開車來接走……

嘉文一回到家中，父母親為了這次嘉文交往的對象而爭吵了起來。父親希望嘉文與富家子光宇交往，母親希望嘉文可以給老實忠厚的大中機會，父親說著物質上的好處，女人要嫁就嫁給有錢人，一定要有物質上的享受保障，家庭才會有幸福可言，雙方一來一往，嘉文不知如何選擇

……

　　當父母親大聲爭吵不休時，母親忽然說了一句：「真愛」不是物質金錢所能堆積出來的。酒量不好的母親醉倒在沙發上，父親在一旁嘮叨著碎碎念，不會喝還喝哪麼多幹嘛！便叫嘉文扶母親回房間休息，並且叫她去廚房泡一杯蜂蜜水解酒。這時的嘉文腦海裡一直出現了這句話，嘉文也知道該怎麼做了……

　　忠厚老實的大中，又會被心機重的富家子光宇如何陷害呢？

　　大中獨自創業，一步一腳印，從創意企劃、提案、業務，每一個工作環節都比過去更加努力，他要如何從失敗中再站起來，大中這樣的打拚努力就是希望能影響到自己的愛情。總以為付出後，等待一下愛情就會降臨，偏偏愛神喜歡作弄人，與心上人嘉文頻頻錯過機會，看著嘉文身旁不斷的出現追求者，追求者都是專業成功人士，董事長、

醫生、律師，大中比不上他人的優越條件，而自己必須在工作上更加的努力，才有一點點機會，能夠贏得嘉文芳心。

嘉文為何遲遲不肯面對大中的感情？

她是恐懼愛情？

還是另有隱情？

嘉文對大中是愛情還是友情？

兩人之間，也許只是缺乏勇於告白相愛的勇氣……

愛在‧桃花盛開的日子

角色分析

高大中

男 26 歲
誠信、講義氣、為人正直富有責任感

　　大中是一位非常正直有理想的平凡男，長得不帥，外貌普通老實人的個性，內心卻有著不認輸的勇氣，做任何事都全心的努力去完成，待人真誠老實沒有心機的他，卻常常受騙上當。朋友有難定會出錢出力幫助，但朋友也沒有人還錢給他，大中也不催討，大中的父親曾被友人欺騙而賠上了所有家產。大中在求學時自己打工賺錢付學費並幫忙家裡還清債務，父親告誡大中人失敗不可恥，只是暫時失敗，一定要努力打拚，一步一腳印再站起來才是真男人。父親與母親一起度過最艱苦的日子，讓他從小體會出什麼是真愛，真愛的價值就是彼此的不離不棄，雖然大中目前是單身，心中也期待真愛的出現。

　　　　　　　　　　　　　　　　愛在‧桃花盛開的日子

因為大中從小生長的環境，讓他知道做人一定要真誠，不騙人。與嘉文的相遇，讓大中知道他喜歡的就是眼前的這一位女生，但是自己的個性對愛情內向的缺點，不知道如何去表達愛意，讓大中常常錯過真愛的到來，一段單戀的愛情故事就此展開。

大中常常告訴友人，地球不是圍著自己轉的，腳踏實地的人不是笨，努力的過程一定是非常辛苦的。

在唱片公司工作的大中，專心的工作想要努力換得公司肯定，卻經歷許多無情現實的考驗，經濟不景氣時他碰過，公司職場的鬥爭他也會遇上，平凡老百姓的工作奮鬥過程，大中都曾有過；男人在工作職場上的辛苦及競爭，為了薪水養家，工作上的不合理，為了保住工作，一切的不合理也變合理了，大中應該用何種方法來度過目前的困難。

一次的街頭相遇，看見在對街的嘉文，不只一次的相

遇，但是大中一直不敢上前去自我介紹進而認識，只是心中告訴自己，如果真的有緣份，一定會在某個地方再次見面。

　　大中遇見自己喜歡的人，卻不知如何去表達，難怪這些年一直單身著。每天埋首在工作中，雖然一直一個人，但是大中卻覺得真愛是需要耐心等待的，等你也是一種幸福。

　　直到兩年後，兩人再次相遇，一段浪漫愛情故事即將展開。兩人正式的約會，大中帶著一朵桃花送給了嘉文……另一朵桃花放在自己的口袋裡，因為聽說送喜歡的對象一朵桃花，就是在暗示對方，桃花來了；對於女生來說，什麼是好桃花、爛桃花，喜歡就是好桃花，不喜歡就是爛桃花，手拿著一朵桃花的嘉文，正仔細打量著大中……

　　　　　　　　　　　　　　　　　愛在‧桃花盛開的日子

王嘉文

女　24歲
長髮、模特兒、漂亮、喜歡花、熱心公益

　　嘉文個子高挑，是學校校花，氣質出眾是個標準長髮美女，是模特兒，來自普通的小康家庭，家裡開一家小麵館。

　　嘉文有個大學落榜的弟弟王嘉志，大學沒考上正在上補習班，全家都希望他能考上第一志願好學校，嘉文與弟弟嘉志感情不錯，經常幽默鬥嘴的互損對方。

　　父親對於嘉文相當疼愛，一直希望她將來能嫁給有錢人家，覺得有錢就是幸福，好人家的條件就是家庭一定要家境富裕。

　　母親是一位賢慧的家庭主婦，平時在麵店裡煮麵，對於女兒的終生大事，抱持民主自由態度，只要對方疼愛嘉

文，能夠帶給嘉文幸福，就是女兒的真命天子。

畢業後進入一家知名企業當企劃專員，異性緣好，好到天天有男同事送早餐請午餐，在公司總是吸引許多男人的目光及追求，但是沒有人知道她在大二那年曾經有一次痛苦的愛情，使得她從此害怕愛情，她只希望身旁的男人能像朋友一般對待她就好，不想要複雜的愛情。

然而，就在這個時候，大中、光宇出現了……

嘉文喜歡唱歌，她的夢想就是想要當歌手，經過大中的細心安排，找了一位知名的歌唱教學老師訓練她，又安排嘉文去朋友開的 pub 演唱。

光宇知道大中的安排後，處心積慮的用錢打點一切破壞這些安排，光宇有錢的背景能夠破壞對手一切的成果。

面對光宇與大中的追求，嘉文一時也不知道到底和誰在一起最合適，一位是有錢的富家少爺，一位是有才華的大中，嘉文迷惘了……

大中工作受到光宇從中破壞，努力想要重新站起來，這段艱辛的困難過程，被光宇趁隙介入照顧嘉文，光宇用物質金錢想要讓嘉文就範。

　　大中因為想要專心打拚事業，卻在不對的時機錯過與嘉文相處的機會。

　　光宇這位有錢的富家少爺，真的能帶給嘉文幸福嗎？這一段三角愛情關係又該如何面對……

陳光宇

男　24歲

企業集團富家少爺，外型帥氣多金，女友無數，覺得用錢就能搞定女生

　　光宇從出生就是含著金湯匙，父親是紅白集團的董事長，從美國回台北後身旁不乏眾多美女陪伴，他知道這些打扮妖豔的女生只是喜歡他的錢，大家玩玩而已。

　　嘉文的出現令他感到非常有趣，嘉文天真的態度，讓光宇感覺她非常與眾不同，對他的跑車及多金竟然不為所動，送她名貴包及金錶竟然不收還退回給他，光宇第一次被女生拒絕。

　　光宇並不知道嘉文有恐懼愛情症，不敢與男人太親近，第一次嘗試到被女生強烈拒絕的光宇，對嘉文有一點特別的感受，於是開始追求她。

　　當光宇知道大中與自己一樣喜歡上嘉文，趁著父親公

　　　　　　　　　　　　　　　　愛在・桃花盛開的日子

司要入股唱片公司之際，提出改組要求，公司人員調整，光宇使出了手段，於是大中被裁員了，這一天他離開了公司，被保全趕了出去。

光宇用這種手段逼退情敵，畢竟他從小在這種環境中長大的，他認為一切他想要的，一定要不擇手段去得到，破壞一切的阻礙來達到自身的目的，任何過程，為了要成功的目的，一切的人事物都不重要，用錢就可以解決，這就是我想要的。

從小生活在物質豐富的家庭裡，父母親很少給他家庭溫暖，感受不到何謂家庭親情，直到嘉文的出現。幾次去嘉文家中體會到一股家庭的和樂與關心，每次與嘉文父親喝酒一定喝得盡興，伯父也常告訴光宇，放膽去追嘉文，我這個當爸爸的全力支持及贊成，來乾一杯，光宇與伯父拚酒一杯接著一杯。嘉文會勸爸爸喝少一點，光宇你別再灌我爸酒了，他醉了，嘉文抗議著，光宇的餘角眼神停在

嘉文身上，發現自己對嘉文動了真感情，他愛上了嘉文
……

　　現實中的社會總是殘酷的。

　　方子浩出現了，父親多年前在外與情人所生的私生
子，他的出現打亂了光宇的世界。子浩與光宇一樣對女人
充滿著魅力吸引力，無數的女人自動投懷送抱，為人處世
待人接物卻比光宇多了幾分真實感。

　　他的出現令光宇倍感壓力，突然多了一位弟弟，令光
宇心生不滿，父親對子浩的虧欠，已開始用天天關心及物
質化去彌補，光宇感覺到自己在集團裡的地位越來越不受
重視，喝著烈酒一口接一口的光宇，生氣的摔下酒杯，揚
言一定要拿到我要的一切金錢包括地位。

　　亞洲環境的不景氣也漸漸影響到集團，許多的企業受
到影響，許多工廠拿不到訂單，薪水發不出來，員工街頭
抗議，倒閉潮開始了，公司也面臨危機，向銀行大量借貸。

父親把光宇以及子浩叫來董事長辦公室，告訴了集團現在的困境，如果再不趕快解決資金問題，公司將面臨倒閉解散。

　　父親示意兩位兒子，若誰能娶到國內龍頭企業胡董事長的獨生女胡安娜，挽救公司危機，誰就能得到公司的繼承，當然也包括胡家的一切，光宇該捨棄自己認為的真愛嘉文，還是去追求名利，迎娶胡家的一切。

　　面對大中對嘉文的追求，鍥而不捨的精神，光宇不想放棄嘉文，向大中這個情敵認輸，此時他竟發現同父異母的弟弟子浩跟大中竟然是好友，這一切更令他感到憤怒，他要如何扭轉一切局勢？

胡女娜

女　21歲

時尚前衛、個性強勢、獨生女、視男人為玩物、富家千金

　　胡安娜是明日集團董事長的掌上明珠、獨生女。

　　家庭背景顯赫，她走到哪裡都被男人捧在手心，安娜是個非常聰明的女人，她走在世界流行潮流的前端，是新女性的代言人，對於她想要的東西沒有得不到的。

　　當安娜知道紅白集團的兩位公子要追求她，她心中非常的清楚，這兩位只是看上她百億的家產，也非常清楚知道子浩對田元的愛戀，她要向他們證明自己不是一位簡單的愚蠢富家千金。

　　她有著與光宇一樣的成長背景，聰明心機重、思考縝密、處事冷靜，強勢的女強人安娜將如何設下陷阱，讓光宇子浩這兩兄弟反目成仇。

　　　　　　　　　　　　　　　　愛在‧桃花盛開的日子

林俊希

男　25歲

俊俏的外貌，想盡一切方法就是要一步登天

　　俊希的職業是廣告代理商，他有著一張迷人的俊俏臉孔，憑仗著自己的年輕臉蛋獲取他人注目，從此知道不一定要靠自身努力就能達成目的，憑著投機取巧也能成功。

　　他能言善道，多情迷人，懂得察言觀色利用女人達到目的，在一次的餐會中認識了光宇，當他知道了紅白集團的龐大勢力，於是利用女色成為光宇的特別助理，藉此認識更多有錢人。俊希策劃的項目專案，讓光宇在公司成功展現出領導能力，於是光宇與俊希越走越近，卻不知道這一切都是俊希有計劃性的安排。

　　在一次的出席酒會中認識了張美麗，他嗅出了張美麗身上跟他自己留著相同的血液，如果能夠利用到張美麗對

他接下來的事業肯定會如虎添翼。

　　於是俊希與美麗就開始為了自己的目的及利益彼此合作，不擇手段達到自己的目的。

田元

女　19歲
活潑可愛叛逆少女

　　個性活潑的田元，在十四歲那年父親意外身亡，母親跟別的男人跑了，她在親戚間像個皮球似的被踢來踢去，像浮萍般沒有目的的生活著。沒有安全感的她，在十六歲那年離家在外自己生活，過一天是一天的生活著，人生沒有目標，不太容易相信人，每一份工作對她來說都是打零工，每一份工作都是做沒多久就又換工作。一個人在外租房，半工半讀。

　　他看到徵人廣告去應徵唱片助理的工作，進了大中的唱片公司，不過沒三分鐘的工作熱度，又辭去工作不做了，去當外送員。一次的送外賣機會，她意外的回到大中工作室上班，對於過去從未接觸過的新鮮工作，她感到新奇有

趣，然而不專心的態度讓她常常做錯事，大中像個兄長般細細叮囑教導田元學習各項專業能力。

某天田元租的房子遭小偷光顧，房租的錢也被偷了，接到了電話的大中，放下手上工作火速到田元家協助去警察局報案，從警局出來餓了一天的田元肚子咕咕叫，大中帶她去吃了火鍋，兩人有說有笑，說著明天去換房匙以防小偷再來光顧。在這天晚上，田元發現自己愛上大中，她決心要成為大中最得力的助手。

嘉文發生意外狀況，大中不顧一切在深夜著急去找嘉文，這才讓田元知道原來大中一直愛著嘉文；這一段時間裡，田元發現大中不斷的對嘉文付出，而且不求回報，田元也從大中身上看見何謂真愛。

子浩和大中成為好友，子浩進而察覺田元獨立堅強的個性與自己頗為相像，因此對田元有好感，希望在合適的時機下向田元告白，此時卻傳出親生父親的消息，田元漸

漸的被子浩真情真意而感動，決定跟子浩交往，然而更大的困難即將發生。

　　田元能否從一個糊塗的小妹妹，成為一位專業的行銷專才？

方子浩

男　22歲

浪子　孝順　獨立（陳光宇同父異母的弟弟）

　　子浩的一生只為了捍衛自己的家，情願犧牲自己也不要母親受苦，偶然間認識了大中，也遇見幫助他的女孩田元，他深深被田元的率真所吸引。

　　子浩從小就知道自己沒有父親，從母親的眼神中他知道自己的父親是個謎，他絕口不問母親自己的親生父親是誰。從小就對不公平的事情感到憤世嫉俗，因此在求學時期就是小混混，不愛唸書，不過他回到家裡對自己的母親非常孝順。

　　子浩的母親在年輕歲月時愛上子浩的父親，因為要扶養子浩使得她放棄畫畫，只能去幼兒院上班，辛苦的撫養子浩長大成人。

　　　　　　　　　　　　　　　　愛在・桃花盛開的日子

子浩的母親將子浩父親多年來寄來的生活費支票藏在書中，可是某次夜裡母親突然的暈倒，子浩為了照顧母親打掃家中環境清潔，不小心撞倒書架，最上層的一本書掉落下來，這本小說內頁上夾著一封泛黃的信封，上頭就是子浩親生父親的筆跡，字字句句描述著與母親交往的過程往事，另外還放著一支鑰匙，從這個陳舊的信封中，竟意外揭發了這一段秘密往事，子浩的親生父親竟然是光宇的父親。

　　子浩與大中結為好友也是因為母親過去的創作，大中非常喜歡母親在畫中對於真愛的描繪，於是兩人變成知己好友形同兄弟。

　　子浩知道了自己父親之後，暗中下決心一定要替母親討回公道，這些事情後來被田元知道了，子浩父親終於認回了自己的另一個兒子，卻不知道接下來的風暴即將展開。

　　子浩面臨愛情的重大抉擇，他如果能娶到胡安娜勢必能得到父親的一切財產，但是他真心愛著的田元，又該如何面對。

陳晶晶

女　21歲

陽光女孩　低調的富家女　愛好自由（光宇的妹妹）

　　小名晶晶的陳晶晶，其實就是陳光宇的妹妹，但是她從來不讓大家知道，她就是紅白集團的千金大小姐，個性善良又識大體，對朋友非常友善大方，唯一的毛病就是愛好自由到處遊玩，因為如此所以她選擇去旅行社上班當導遊，不過她卻比任何一位遊客更貪玩，常常造成遊客等候導遊歸隊才能返台。

　　大中自行創業後想與旅行社提案，在旅行社樓下的咖啡店與晶晶認識，晶晶的協助幫忙，使得大中在提案時順利過關，也因此兩人變成好友。

　　大中積極的規劃年度旅遊案，這段時間晶晶看見努力的男人最是迷人，但是此時此刻，大中始終不知道晶晶就

　　　　　　　　　　　　　愛在‧桃花盛開的日子

是光宇的親妹妹。經過一段日子的合作相處，合作的項目非常順利。

　　自己的大哥將大中視為眼中釘，晶晶該如何面對這些問題。

張美麗

女　22歲

金錢至上嫁入豪門是她一生的追求　拜金女

　　張美麗對於追求她的男人總是很有一套，標準的花蝴蝶性格，以自我為中心，享受被疼愛的感覺，她能讓男人為她花錢為她買車買房，喜歡實際的物質享受，所有事情都必須在她的控制之下進行。

　　從小看著母親從男人身上得到金錢，認定女人的美貌就是最佳的武器，她能用美麗的身體去得到自己需要的一切。

　　她經常邀請身邊的女性朋友一同參加各式派對酒會，尤其喜歡找嘉文陪同，因為嘉文的氣質美貌能夠吸引許多男人靠近，美麗雖然與嘉文是閨蜜，實際上是利用嘉文靠近更多有錢的男性富商。

　　　　　　　　　　　　　　　　　愛在・桃花盛開的日子

她不斷的灌輸愛情永遠比不上麵包的想法給嘉文，女人就是要靠美色來得到想要的金錢。

　　她不是不需要愛情，而是她曾經被多位男友欺騙，從此不再相信男人，不要愛情，把愛情的一切都是建立在金錢之上。

袁淑芳

女　47歲

典型的傳統婦女　嘉文母親

　　是嘉文與嘉志的母親，非常疼愛這兩個孩子，喜歡家中充滿歡笑，當孩子們不在家時，她開心的顧麵店，客人來店裡時，她會熱情的招呼客人就像是朋友一般，常常送小菜給客人。生意初期還不錯，有時嘉文會來店裡幫忙端菜，而丈夫常常不在店裡跑去與友人打麻將，並常常輸錢，偷拿店裡的錢再去賭錢。

　　知道嘉文有追求者後，她希望女兒能嫁給真心愛她的人，畢竟所有的幸福應該是建立在真心相愛上。

　　丈夫開始愛喝酒，有時在店裡喝醉酒嚇跑客人，生意受到影響，淑芳開始擔心起麵店的生意。

　　丈夫個性變得古怪，頻頻干涉女兒交男友的事，對

於嘉志的學業也漠不關心，王母想讓丈夫知道一家人的幸福，不是靠金錢而是家庭和睦一家人一條心，共同面對人生困難，才是幸福家庭，她應該如何面對個性轉變的丈夫？

她應該如何讓女兒找到真正的幸福？

她又該如何使兒子嘉志找尋到人生的目標？

王嘉志

男　20歲
貪玩　嘉文弟弟　愛打電玩

　　他跟時下年輕人沒兩樣，喜歡上網唱 KTV，去夜店跳舞，父母對他期待很高，心裡沒有什麼大志向，因為他知道家裡還有一家麵店可以給他，所以不用太努力去打拚生活。

　　姐姐嘉文跟他感情很好，常常買禮物給他，不過姐弟倆很喜歡拌嘴，說話內容經常笑話百出，抬槓是兩個人的溝通方式。

王敏雄

男　52歲
典型的傳統父親　嘉文的父親

　　王敏雄是嘉文和嘉志的父親，家裡開餐廳，這一陣子卻因為受大型連鎖飲食店開幕搶佔市場，餐廳生意不如以往，有些灰心，於是他將重心轉移到女兒和兒子身上。

　　對於女兒突然變成許多富家公子追求的目標，他認為或許女兒能替王家帶來重振的希望，於是積極的鼓勵女兒，愛情可以在交往後慢慢來培養，多金會是交往的基礎，他不希望女兒受苦。

　　開始關心家人也常去餐廳幫忙招呼客人，妻子淑芳發現丈夫變了，王父開始想要找回一家人過去和樂的景象，但失去的家庭和睦還來得及嗎？

陳建勝

男　55 歲
紅白集團的董事長

　　陳建勝是陳光宇的父親，也是方子浩的父親，二十多年前一次畫展認識了方玉蓮，強烈的追求，兩人陷入愛戀，但是母親與妻子用盡心思破壞方玉蓮不可與他聯絡，甚至威脅她腹中孩子的生命，因此方玉蓮連夜離開了傷心地，逃離陳建勝的羽翼。

　　多年後他終於找到了方玉蓮母子，他不斷寄支票，想要用金錢補償她們母子倆，但是卻一直被拒絕。

　　這一天陳建勝終於與子浩父子相認，他要方子浩改回陳姓，但是方子浩堅持不改。

　　紅白集團一度陷入財務危機，他要兩個兒子分別想

方設法去追求胡安娜，誰娶到胡安娜解救集團危機，誰就是集團新任總裁，陳董怎麼也想不到更大的風暴正蓄勢待發。

方玉蓮

女　46歲
方子浩母親　畫家

　　以前的錯愛令她放下一切，令她傷心的這位男人再次出現，她該如何去面對？

　　方玉蓮是方子浩的母親，過去是知名畫家，當年意外的愛上陳建勝，為他產下了一子，卻因為陳氏家族內部鬥爭，使得他被迫離開陳建勝，然而在多年之後，母子倆卻被陳建勝找到了。

　　陳董一直想要補償方玉蓮，定時寄支票給玉蓮，就算玉蓮退回了信，他還是定時寄錢來，玉蓮擔心子浩發現親生父親是紅白集團的董事長陳建勝，也就是陳光宇的父親。

　　方玉蓮隱藏多年的秘密，全部被攤在陽光下，報紙媒

體紛紛報導，方玉蓮不為人知的苦楚，在多年後的今天又

將被揭發出來……

丁松武

男　24歲
松文弟弟

　　松武的出現，造成了嘉文的心情浮動，無法專心工作，原來嘉文一直無法忘記松文，哥哥以前深愛的女人就是嘉文，松武知道了這一層關係後，便常來找嘉文，嘉文是否會在這個心情中無法跳出，把松武當成松文呢？

愛在‧桃花盛開的日子

原創小說

這一天，知名歌手的唱片發表會正在台上進行著。歌手演唱最新的單曲，舞群伴舞著，在台下的角落裡，一個男人緩緩的拿出藏好的剪刀，一步步的走進舞台，周圍沒有人注意到他。先生，放下你的刀子，你想做什麼？嘉文大聲喊叫，阻擋了男子的行刺計劃，歹徒快跑逃走。

　　第一波的行刺失敗，男子再次伺機混入舞台旁，手裡的利刃緩緩抽出，男子混在歌迷群裡朝舞台衝去，高大中機警趕忙阻止，這時一位名叫田元的女孩正好在現場，她大聲叫喊斥責歹徒，但是抓狂的歹徒根本不聽，反而朝著田元衝過去。

　　就在快與歹徒近距離接觸時，田元手中的手機瞬間變成了正義的使者，只見它擋在田元的面前，握在手上的手機便朝歹徒精準的丟過去，正巧擊中歹徒手上的刀子，順利解除了一場危機，這時警察到來，眾人把歹徒團團圍住，警察順利把歹徒上拷帶回警局處理。

高大中，也第一次見到了他朝思暮想的女孩嘉文，但是事情結束後，大中卻尋遍現場不見嘉文的身影，他改而向田元道謝，在田元的要求下，大中同意替田元介紹工作，這位小女生即將踏入他的心中。

　　嘉文呢？她為何消失？

　　原來，跟在嘉文身後的美麗見情況不對，把嘉文帶走了，帶著她去參加由富商發起的派對活動，在那裡嘉文第一次見到了光宇。

　　紅白集團副總陳光宇是個天之驕子，在現場看了無數貪玩模特兒的臉孔，這一群女生都是為了錢什麼事都做得出來，當他的目光移到右邊靠近廁所最角落的地方時，他看到一身穿著時尚帥氣牛仔褲加白襯衫的嘉文時，他的目光停住了，怎麼會有如此美麗又有氣質的女生在這。小姐妳好，我是陳光宇。

　　看到了嘉文這個女生與其他女的不同，於是他產生了

好奇心，想將她佔為己有。

　　田元是個孤苦無依無靠的女孩，但是她獨立堅強不認輸，一切只靠自己，再說，她還有手機（爸爸送她的）陪著她，她就不孤單，不是一個人。

　　總能帶著笑容面對現實的殘酷打擊，可是，不安全感總是跟著她，始終無法一直待在同一個地方上班，或許那是因為從來沒有一個地方能真正的屬於她吧！

　　田元來到了大中所在的娛樂公司，新鮮感讓她覺得自己或許可以在這家公司待得久一點。

　　由於俊希的介紹，美麗順利的進入微風娛樂成為旗下的一名新人，懂得使用手段的張美麗，以為大中和其他男人一樣，只要運用一下女色他就會幫她，但是她錯了，大中與她見過的男人不太一樣，並不是一位好色有心機的偽君子。

　　為人正直說話好笑的大中，在捧腹大笑之際，美麗的

心一度被軟化，因為大中是如此的與眾不同。

　　至於一旁的俊希，似乎私底下在幹什麼勾當，但是，卻沒有人知道。

　　嘉文開了一家咖啡店，店內陳設著各種類型的書籍，對漫畫與電影很有狂熱收藏的嘉文十分熟悉這些故事劇情，並且用這些暢銷書吸引了許多的書迷來店裡喝咖啡看書。美麗的嘉文也常收到客人送玫瑰花、桃花給她。

　　一天晚上發生地震，正在工作拍攝廣告片的美麗慌張的打電話給嘉文，但她並沒有接到電話，待工作完後開著車趕往嘉文的家，一進門看到嘉文害怕的模樣，美麗抱著嘉文一塊痛哭，並乞求地震不要再來了。

　　因為簽唱會的事件，造成田元手機有些破損，過意不去的大中一家一家手機店正找著，希望能買一支一樣的手機送田元。

　　俊希的陰謀慢慢顯現了出來，原來他合夥盜版公司盜

取公司內部的母帶及文件，而事情被人發現後，他立刻把矛頭指向了別人。

而這個人就是……

為了找到一樣的手機大中找了很多天，這一天他遇到了子浩，原來子浩也在幫田元找手機，子浩告訴大中再也找不到一模一樣的，因為這支手機是限量的，數量有限，失望的大中只好離開，但是子浩卻告訴他，這支手機是可以修理的，只是會非常麻煩，維修費也會比較貴，大中連聲謝謝，不管修理多少錢我都付，弄漂亮一點，自己總算可以彌補田元了。

地震過後，嘉文總算心情平靜下來，她身邊有美麗及其他好姊妹陪著她，但是美麗還是不太放心，她覺得還是要有人能夠無時無刻的看顧著嘉文比較好，於是貼出了出租房間的廣告，要把嘉文樓上的房子出租掉，只是，這個人還要她自己看過才行。

嘉文的房間裡除了全家福的相片以外，還有一張她與某人合照的相片，這個男人是誰？為何嘉文會說，那是她一生中最美好的回憶呢？

　　為了要買手機，田元身上只剩下不到 1000 元，不服輸的她又不願意跟大中借錢，於是在確定這家公司無法支領日薪後，田元什麼都沒說，就默默地離開這家公司，不做了。同時唱片公司內部竟然爆發出被盜版事件，而一切的問題都指向了大中。

　　有口難言的大中即使是冤枉的，也無法證明自己的清白，董事會決定，即刻把大中趕出公司開除職務。

　　田元比他早一步離開，而大中再也掌握不到田元的消息。走在熱鬧的市區街道，又累又餓無路可走的田元再次來到子浩的店，因為身上已沒什麼錢只能賣掉手機，除此之外，沒有什麼方法了。

　　子浩知道了田元的困難後，馬上叫了披薩及可樂給田

元吃，告訴田元，明天開始來店裡上班，住在公司宿舍。

吃著食物喝著可樂，感謝子浩的照顧，田元眼睛流著淚，妝都花了，一直說子浩謝謝你，謝謝你……

被公司解雇的大中想了許久，決定自己出來開公司，但是開公司不是那麼簡單的事，為了節省開支，決定退掉自己目前所租的房子，另外找更便宜的。

只是在找房子的過程中，他竟然遇到了嘉文……

大中發現到嘉文的異樣，但不方便說出口，只能裝作沒事，決定暗自觀察，嘉文樓上出租的房子亂了點，但卻十分符合他的要求，他馬上當場決定租下這裡，和嘉文當鄰居。

大中有一個死黨，叫吳啟榮，身材壯碩，外表兇惡，但卻是個愛花的好好先生。

大中決定搬家，找來啟榮幫忙，他想問大中到底是什麼女生讓你如此著迷，等到有天碰面時，再來仔細看看，

到底有多漂亮。

田元開始在子浩的店裡工作，對玩具十分喜歡的她自然是得心應手，只是喜愛漂泊不定的她又偷偷在外找了份工作，這讓子浩感到非常失望，告知田元如果真的想走就走吧！

田元說了一聲謝謝照顧，頭也不回的就離開。

大中搬家的這一天，竟然遇到了美麗，這時大中才知道原來嘉文與美麗是好友，只是當他問起了不見人影的嘉文時，美麗吞吞吐吐了起來，莫非嘉文還有什麼秘密嗎？

其實嘉文並沒有什麼秘密，只是，她為了完成自己以前立下的志願去醫院當義工照料病人，在醫院當義工時的嘉文是真正的嘉文，不再活在虛幻的世界裡，一切都是真實的她，只是沒有人知道她為何要當義工，這個原因才是個秘密，一個充滿傷痛的回憶。

當吳啟榮和大中忙著清理新家的同時，訂的披薩送來

了，大中打開門一看，發現竟然是田元。這些日子妳到底跑去什麼地方不與任何人聯絡，手機也不接，大中訓話般的言語，田元聽得不高興走了。真的不能夠理解為何有人要質疑我的生活，我這樣很好啊，一切靠自己有什麼不好的，幹嘛要管我，繼續騎機車在送貨的路上送披薩給下一個客戶。

以為田元不再出現的子浩，失落的開門準備營業，卻發現田元站在門口無辜的看著他。我又沒有告訴你我不做、不上班了，我只是想多賺一點錢，並沒有要辭去工作，我好餓喔！有沒有吃的。等我，我去買吃的回來一起吃，開心田元回來的子浩，騎著機車快樂的去買早餐。店裡的垃圾怎麼沒拿去倒，地上真髒，田元一邊打掃一邊碎碎念。歡迎光臨，客人開始來店裡，忙碌的一天又要開始了。

嘉文穿著一身白禮服紅色高跟鞋來幫大中打掃，一打開門大中就愣住了。站在門口，還站在門口幹嘛，還不快

進來打掃，個性陰晴不定，大中也不覺得嘉文有問題，他只是覺得嘉文很特別，尤其是笑容，只要看到聽到她的笑，我的煩惱就沒有了。

光宇越來越想要再見到嘉文，於是他要俊希安排讓美麗帶嘉文出來碰面，俊希買了一個新款式的名牌粉紅色包送美麗，希望美麗一定要帶嘉文出來與光宇見面。看到名牌包美麗高興的直說，沒問題，包在我身上，她本來打算拒絕俊希的要求，但一看到名牌包，要求做什麼事也變得沒有問題了。仔細想想，俊希說的也很有道理，嘉文的確是需要出去面對現實，面對人生，生活應該快樂一點才對，便拉著嘉文一塊去拍寫真相片，並安排與光宇見上一面，美麗盤算著，下次俊希應該會送她一支一直想要的勞力士女用金錶。就算他不送，我也要向他要，不然我就不安排下次碰面，哈哈。

美麗告訴俊希我們現在正在攝影棚拍照，你們可以來

探班。俊希去電光宇一同前往棚內帶著嘉文愛喝的珍珠奶茶，開著法拉利跑車火速到現場。哇，好漂亮，相片出來我也要一張，光宇拿著奶茶給嘉文，嘉文喝了一口，便繼續拍照。

　　拍片完後，光宇想約嘉文一起去吃飯，但是嘉文拒絕了，在一旁的美麗見狀，為了怕光宇生氣，美麗死推活拉要嘉文一起去吃飯。我好餓！要吃好吃的，愛美的女生一定要常吃美食才能保持漂亮外貌；本來是兩人的燭光晚餐，變成四人的麻辣火鍋，光宇一直夾菜給嘉文，俊希也對美麗大獻殷勤，美麗覺得彼此可以互相利用，好吊俊希的胃口，將來可以好好利用。

　　因為對田元說了重話，大中去找田元道歉，也請她到自己公司上班，一向不記仇的田元馬上就答應了，這讓大中十分高興，也注意到子浩對田元的私心，子浩一聽大中要來挖角田元，非常不高興，當場告訴田元不能離開店裡。

專心在這工作，子浩告訴大中，放心我會好好照顧田元的，別想從我手上帶走田元。

美麗問起了大中為何離職一事，大中不語，最後經不過一再追問，說出了自己被迫離職。嘉文知道這件事情後，提議要為大中詢問真相，就在這個時候光宇打電話來要約嘉文吃飯，嘉文立刻同意，要大中親自去問光宇，好好問清楚，把雙方誤會解釋清楚。

因為怕出事，美麗向俊希通風報信。俊希出現在嘉文光宇約會的夜總會，光宇對於大中的出現十分不高興，但在嘉文的安撫之下勉強和大中說清楚。

正當俊希和大中聊天時，光宇出現，不顧大中的追問就和俊希說，一切交給他處理，無法再用謊言掩飾的俊希只好告訴大中，一切的原因都是因為公司內部出現盜版，而大中也總算明白了自己其實只是個替死鬼，知道一切真相後，大中失望的離開現場。

嘉文以為大中與光宇之間的誤會都解釋清楚了，於是在愉快的晚餐之後，讓光宇送她回家。

　　沒想到光宇竟然想強吻嘉文的嘴，嘉文及時推開了他，只讓光宇親到了臉。

　　在樓上陽台的大中以為兩人接了吻，生氣的走下樓。

　　光宇送嘉文回家後，心裡想著剛剛發生的事，為了嘉文的不識相而生氣，立刻去電約了朋友找了一票辣妹去KTV唱歌熱鬧一下，好抹去心中的不滿。包廂內的辣妹叫了披薩，不一會兒，田元送披薩來到包廂內，田元看到有錢人的玩樂方式，覺得當有錢人真好，現場光宇抓起一把鈔票就往空中撒，女生都在地上撿鈔票，卻不知道這個人就是光宇。

　　田元送貨出車禍，受傷的田元在子浩的安排下，不得不去醫院包紮，上完藥後帶回方家，方母見了田元受傷的模樣，知道無人可以照顧之後，硬將其留下，就此住在方

家由方母照顧，子浩也比較放心。

　　大中因為前晚的親吻事件，開始對嘉文疏遠，而一向生活在自己世界裡的嘉文，像是沒事一樣。

　　滿肚子怨氣的大中，發現自己再這樣下去不行，決定將精力全放在工作上，突然想到田元近況，便決定到玩具店看田元。來到店裡的大中發現田元出了車禍，他便立刻告訴子浩，到底是如何照顧田元的，照顧到都受傷了，他要找田元回去他公司上班，不管你同不同意，人我要帶走，一定要帶走，擔心田元沒人持續照顧，子浩也答應了大中，完全無視田元個人的意願就如此定下來。

　　光宇荒唐的事件被狗仔隊拍到了，登上了雜誌的封面，美麗看著雜誌內的報導，決定要讓嘉文離光宇遠一點，免得再次受到傷害。

　　發現記者報導的消息，光宇怒氣沖天的找上俊希，要他馬上解決這件事情，但他萬萬沒有料到的是，這件事竟

然就是俊希一手主導的，而光宇才是真正被玩弄的人。

因為子浩帶著田元到大中公司上班，才認識了嘉文與嘉志兩姐弟，雙方有說有笑的聊著近況，而嘉志對田元可愛的模樣竟有點心動，可是子浩和田元卻沒有察覺到。

累了一天的嘉文，一覺醒來，想到過去的自己苦笑不已，她買了花要去丁松文的墓前探望，卻沒有想到，自己竟然在眼前遇到一個自己根本想都沒想過的人：丁松武，丁松文的雙胞胎弟弟。

丁松武的出現讓嘉文產生了迷惑，也讓她回憶起過往愛情的影子，嘉文彷彿回到了大學時代的自己，也差點錯認丁松武就是死去的丁松文，一切又回到了過去……

松武是為了找尋死去哥哥的記憶而來的，所以他積極地想從嘉文的身上尋找所有他失去的一點一滴，但是當他面對嘉文充滿信任與愛戀的臉孔時，彷彿被過往的情愛回憶給牢牢綁住而無法自拔。

田元進入大中的公司上班後，因為行動不便的原因，所以上下班都需要子浩的協助，子浩每天都會陪著田元上下班，漸漸的兩人之間有著曖昧的情愫，但是田元遲鈍到沒有發現，子浩卻感覺到了。

　　為了想見田元一面，嘉志用盡小手段，就為了想近水樓台先得月。

　　於是他要求嘉文幫忙告知大中，要去公司實習工作，其實，嘉志只是想接近田元，追求她而已，並不是真心想上班學習工作經驗。

　　但是子浩發覺了，無形的火花開始在子浩和嘉志之間爆發了，兩個互不相識的男人因為田元，展開兩人之間的較勁。

　　大中的工作一直受阻，十分不解，明明一切順利，相談甚歡，為什麼總在最後一刻失敗？

　　就在此時，電話響了，一通來自旅行社的電話，再度

給了大中新的希望，而打電話來的正是晶晶。

俊希在光宇的授權之下，開始對大中暗地裡施壓，並藉此讓人知道他的背後有紅白集團撐腰，以此來鞏固自己的地位，只是大中完全不曉得是俊希和光宇的陰謀。

松武的出現讓嘉文十分高興，但弟弟嘉志反對兩人見面，完全陷入過去時光的嘉文不解大家為何要阻止她。

看著一臉苦惱的嘉文，大中暫時當起了垃圾桶，傾聽她的煩惱。

嘉文和松武之間的愛情，在嘉文的口中說出時，就像是兩小無猜的純純愛戀，她們一起歡笑，一塊度過青春的風雪，擁有許多快樂的回憶，種種的一切在嘉文訴說的同時，彷彿上演在大中眼前，嘉文回憶起松文死亡的那一幕，嘉文失控的大哭、大鬧，但大中卻無言為力，只能一旁安慰著她……

大中不知道自己應該怎麼做，只能失意的喝著酒，來

到花店找吳啟榮傾吐心聲。

　　吳啟榮是個奇特的男子，他始終都能先別人一步了解一切，並適時地給予安慰，他告訴大中，一切並不是沒有希望，但最重要的是給自己及對方的心一些時間，才能看清楚真正的愛情是什麼。

　　光宇一直找不到嘉文，美麗不願意告訴光宇嘉文的下落，在金錢攻勢的情況下，光宇知道了嘉文在什麼地方。找到嘉文，用力拉著她的手，你放開，弄痛我的手了，嘉文大聲痛斥光宇，此刻的嘉文已分不清現實與虛幻，她的心中只有松文，再也容不下別人，嘉文用力甩開光宇的手，拒絕了光宇的追求，我不會放棄妳的嘉文，妳等著……

　　嘉文的拒絕讓光宇非常不甘心，第一次被女人拒絕的光宇怒氣轉移到大中身上，報復大中，也讓大中好不容易得來的旅行社案子跟著受挫接不到案子。

　　松武因為走遍嘉文和松文之間的過往足跡，也開始

對嘉文產生異樣的情愫，但是嘉文的眼前開始出現兩種影子，一個是松文，一個是松武，兩個人行為個性之間的不同點，嘉文產生了記憶上的錯亂，一切好像有點不一樣。

比如常去的咖啡店，嘉文會幫松武點上一杯摩卡咖啡，松武只喝黑咖啡，諸如此類的事件不斷發生之後，嘉文開始產生了疑惑，且不斷的擴大。

當嘉文和松武來到了舊時的校園，松武忍不住想低下頭來親吻嘉文，就在要親上的一剎哪，松武的電話響起，電話的那頭是松武的女友。當嘉文在知道的瞬間，彷彿從迷霧之中走出，第一次正視眼前的松武，而她也終於從這過往的記憶中走了出來，第一次真正用心感受並面對這個屬於過往的一切。

俊希經由美麗知道原來嘉文最近跟死去情人的弟弟走得很近，於是派人去調查，並轉告光宇。光宇知道後，大為震怒，跑去警告嘉文，但是已經從迷霧中走出的嘉文，

只是笑了笑，因為，她終於看清楚自己此刻要的是什麼，而什麼又是該讓他過去。嘉文看著松文過去送她的紅寶石戒子，笑著將戒指帶回手頭上，當作是對過往感情的一個悼念。

松武和嘉文之前倆個人之間的短暫好感，只是存在於過去，屬於松文之間的影子所造成的，於是兩人決定回到彼此原本的生活裡，讓一切恢復平靜。

大中對於嘉文和松武之間的感情，始終抱著傾聽的角色，寧願壓抑自己的內心感情，也要讓嘉文幸福，但是嘉文卻告訴大中，一切都過去了，並請大中陪自己去送行。到了機場，嘉文給松武第一個，也是最後一個的擁抱，然後笑著送松武上飛機。送完了松武，當大中想說話的時候，嘉文的神情突然改變了，表現出與以往不同的美麗與自信，似乎恢復了正常。

嘉文帶著淺淺的微笑在陽光下特別動人，笑著對大中

說，其實我很清楚，過去的愛情真的結束了，我應該要夢醒了。

於是大中知道，現在出現在他面前的，是一個全新的嘉文，而他，也重新燃起信心，鼓起了再一次追求的勇氣。

嘉文看起來像是恢復了正常，但其實並不是全部，偶爾還是會陷入自己的世界裡，但頻率卻沒有那麼頻繁了。大中也開始常常送桃花給嘉文，因為大中知道嘉文最喜歡的花就是桃花。

由於大中一直熱心的幫助田元，田元開始覺得自己生命中的貴人出現了，也因此對大中的態度開始有些改變，開始暗暗喜歡上了大中。

子浩和嘉志之間的明爭暗鬥開始浮現出來，但遲鈍的田元完全不了解，倒是一旁的大中看了出來，只能為三個男女之間的愛情糾結笑著搖頭，但他卻渾然不知自己也已經踏入這場愛情的戰爭之中了。

雖然大中第一次在旅行社的提案受挫，但他仍和晶晶有著工作方面的往來，而晶晶也對大中的能力很有信心，相信他總有一天可以獲得他該有的成果，但是他們兩人始終沒有料到，原來俊希一直在大中背後扯後腿，這才是失敗的真正主因。

田元和方母相處得很好，方母已經將田元當成自己的女兒看待了，也知道自己的兒子對田元有好感，但她不加干涉，認為感情是兩個人的事，年輕人喜歡就好，她沒必要插手問太多。

但是嘉志和子浩的彼此競爭已開始，嘉志甚至還專程去花店買了一百朵玫瑰花去方家看望田元。

發生了讓方母好氣又好笑的鬧劇，也讓方家的生活熱鬧了起來。

吳啟榮當田元是小妹一樣疼愛，他知道田元身邊的男生都對她有好感，但他不告訴田元，只當大家的心靈導師，

必要時給予意見。

　　方母這一段日子感到身體有些不適，但她自己覺得可能是沒睡好的原因。這一天子浩準備帶田元去醫院拆石膏時，方母突然在任職的幼稚園暈倒了。

　　接到消息的子浩趕快帶著田元去醫院，到了醫院後，才知道方母是因為疲累過度，內疚的田元便自告奮勇要留下來照顧，而叫子浩回去家裡收拾東西。

　　子浩來到母親房間，準備收拾衣物和書本帶去醫院，竟意外發現了一本放在書架上的書，好奇的拿了下來，卻發現裡面放著一疊厚厚的支票和信件，看到支票的抬頭後，子浩傻了，因為上面寫著紅白集團陳建勝。

　　松武離開後，嘉文重新面對自己的人生，她變得更積極和有活力，也變得更漂亮了。

　　光宇又開始用金錢攻勢追求嘉文，但嘉文只是笑著說，我們還是當朋友好了。子浩和田元在醫院陪著母親時，

正巧電視上播著紅白集團的消息，子浩立刻衝出病房，留下莫名其妙的方母和田元。

田元追了出去，但子浩卻什麼也不肯說。

嘉文因為拍了廣告後，十分引人注目得到不少廣告公司邀請合約，反觀美麗，則是一直沒有接到任何廣告片。也想出名的美麗急了，著急害怕在這個行業消失沒工作，於是她來到了俊希的辦公室，要求幫助。

而本來對美麗就有意思的俊希則是得意的微笑著，因為一切正如他所計劃般順利，只不過，他不但要美麗的身體，也打算好好的利用美麗，來達到自己想要的地位及金錢。

田元看見子浩的態度怪怪的，於是逼問他，他才說出自己看到的東西，一團疑雲出現在方家，事情的真相又是如何？

因為工作上的需要，光宇藉機和嘉文走得很近，也讓

大中原本想告白的勇氣退縮了回去，他開始認為，如果嘉文能有個好歸宿的話，也是一種幸福，而放棄了告白，進而開始默默祝福她。

經過這一段時間的相處，田元和子浩有了更進一步的認識，田元開始對子浩有心動的感覺，開始在大中和子浩兩人之間掙扎著。

有一天晶晶與大中去客戶公司開會，大中在台上專業的說著項目的內容，台下的晶晶卻想著大中是一個不錯的男人，有責任有擔當。但是大中的心思全在嘉文身上，所以沒有察覺晶晶的心意，就在大中帶著晶晶回公司拿資料時，正巧光宇也帶著嘉文回來。

為了讓嘉文能離開自己少見面，大中在嘉文走向樓梯的同時，摟住了晶晶，晶晶一臉錯愕，但卻沒有拒絕，以為大中對自己有意思。

當嘉文看到這一幕，她無語，是吃醋？還是無所謂？

她不能理解這種奇特的感覺，回到自己的房間，而這種痛，是心痛嗎？

嘉文離開之後，大中想向晶晶道歉，卻看到她閉上眼，想等待他的吻，大中急忙推開晶晶，並向她道歉，但晶晶卻誤會以為大中只是不好意思而已。

嘉文回到房間之後，才剛離開的光宇打電話來，原來是邀嘉文參加明晚的一場時尚派對，嘉文不懂自己為何會為大中感到不自在，於是嘉文在心情複雜的同時，答應了光宇的邀約。

光宇為了更努力追求嘉文開始不進公司，而陳建勝也為此感到生氣，但光宇不以為意，他的眼裡只有充滿神秘感和魅力的嘉文而已。

田元每天都很勤奮的到醫院照顧方母，而嘉文和大中也跟著去探望，無意間，大中發現方玉蓮竟然是自己的偶像，一個有名的畫家，當下興奮得要簽名，而子浩第一次

知道原來母親是有名的畫家，在詢問大中後，子浩才說自己看過母親的畫，但是他只看過兩幅，最有名的第三幅畫，自己始終沒看過，家裡頭也沒有這幅畫。

於是大中提議要找出這幅畫給子浩，因為沒看過實在是太可惜了。

但是大中一直沒有找到這第三幅畫，於是田元便陪著子浩一家一家的找，可是一直找不到，兩人的關係開始變得親密起來，嘉文知道後暗然神傷失意起來。吳啟榮這時的出現安慰了嘉文，也叫嘉文常去他花店幫忙，老闆的口號是：在有任何不愉快的心事時，只要來到我的花店看到花兒的模樣，一切就會覺得沒什麼大不了的。

子浩為了要不要將看見的東西告訴母親而煩惱，田元則勸著子浩，一切等到伯母身體好些再說吧！甚至還說出自己的身世，被母親遺棄，而父親車禍死亡的往事，並告訴子浩，最起碼你知道自己的父親是誰，也知道他在什麼

地方，而我什麼都沒有，你比我好多了。子浩一把抱住田元，安慰著她，而田元看著子浩保護的姿態，也了解到自己其實比較喜歡子浩。

　　嘉文因為拍戲時扭傷了腳，收工後想叫光宇來接她，沒想到光宇臨時給父親攔住而來不成，嘉文只好打電話給嘉志來接她回家。

　　知道大中對自己的姊姊有意思的嘉志，立刻打電話給大中，要他去接嘉文，正在談生意的大中，提早結束會議，立刻去劇組接嘉文，看到大中來的嘉文嚇了一跳，但是仍很高興他來接她，只是穿著戲服的嘉文因為腳扭傷無法穿上高跟鞋，便去超商買了很便宜的拖鞋，低下身為嘉文換穿，而自己也拿出一雙藍白拖穿了起來，並笑著說，沒關係我陪妳，要糗一起糗，多一個人也好壯膽，不是嗎？嘉文笑了，大中一路護送嘉文回到家中。

　　陳建勝給自己安排全身健康檢查，來到醫院，方玉蓮

正好被田元及子浩推出病房散步，就在醫院的走廊上，他們相見了，一場隔絕了二十多年的再相見，無法預期的風暴正在醞釀著。

陳建勝和方玉蓮的意外重逢，道出了兩人過去的回憶，方玉蓮是一名雜誌社主編，平日喜歡畫畫，也是一名畫家，一天，她被公司安排要去專訪陳建勝，於是兩人的命運開始展開。

兩人從陌生到變成情人，方玉蓮將自己的愛情創作成畫，推向市場，受到畫廊的一致肯定爭相要求收藏畫作。

但沒料到的是，方玉蓮竟然懷孕了，可是，陳建勝是有家室的人，只好回家向妻子說明想要娶方玉蓮為側室的意思。

生了一子的李菲在知道丈夫陳建勝外遇之後，也不吵不鬧一哭二鬧三上吊，雖然飽受打擊，仍同意將方玉蓮帶回家中待產。可是，邪惡的念頭開始在李菲的腦中滋生，

喜出望外的陳建勝並未發現妻子的心思，只是鬆了口氣和方玉蓮聯絡，要她收拾一下到這裡來待產。

李菲不甘心丈夫的背叛，拿了一筆錢給司機老黃，叫老黃去車站接人後，再將人帶去深山丟包，別讓這個小三進到家裡來破壞我的家庭，老黃收下了錢頻頻的點頭答應。

方玉蓮拎著簡單行李來到了車站，大雨正下著，老黃開車門等著，看著打開的車門卻始終沒有踏出去的一步，老黃催促著方玉蓮快上車，方玉蓮示意不上車了，拿出了一封信給老黃，要他轉交給陳建勝，接著便消失在人群之中，沒能接到人的老黃在回程的山路上，突然車子失控翻落山崖下。

陳建勝高興的在家裡等待方玉蓮回來，沒想到傳回來的卻是車子翻落在山崖的消息，陳建勝傷心的跑去失事的地點，對著山下呼喚著玉蓮的名字，此刻的方玉蓮正坐在

火車上，迎向她未知的命運。

俊希打電話來，開口就是要大中趕快打開電視，大中正看著電視內的畫面。

嘉文和光宇一同參加企業家晚宴，沒想到一路被八卦記者追著拍照攝影，而光宇竟然對著鏡頭說：這是我的未婚妻。

嘉文對光宇公開宣告的舉動表達不滿，但光宇深情握住嘉文的手，他是認真的，這個動作讓嘉文感到惶恐不安，畢竟還沒有全心全意接受光宇，一切都還不確定。

自從在醫院遇到了方玉蓮和方子浩，陳建勝便安排方玉蓮住進最好的病房，還天天去看她，子浩不能接受這樣的情況，但是又特別擔心媽媽的感受，而不能破口大罵，使得子浩受到極大的挫折。

在一旁的田元安慰著子浩，這段時間心情不好的子浩，時常對田元大聲叫喚，為了一點小事而產生爭吵。

　　　　　　　　　　　　　　　　愛在‧桃花盛開的日子

田元氣得搬回原來自己的租房，而子浩想挽留卻又放不下面子，田元回到冷清的房間，開始懷念方家的一切，難過的看著窗外的月光，流下眼淚，大哭了起來。

在知道方玉蓮和方子浩的存在之後，陳光宇十分的不滿，決心要趕走這兩個想侵占他家財產的人。

大中的公司公關活動辦得十分成功，名聲大振，新的案子不斷而來，田元也為了自己能幫到大中而感到高興，因為這次的工作讓她開始對自己產生了自信，也對工作產生了熱情。

子浩和田元因為爭吵而彼此感到尷尬，所以田元便減少去醫院看望方母，因為看護有事，所以換了一個新的看護婦，只是沒人知道，這個人將給田元的生活帶來無法預測的風波。

方玉蓮住的醫院正是嘉文當義工的醫院，所以嘉文偶爾會去探望方母，對於嘉文的探望與照顧，方母十分感謝，

而方母的好相處，也讓嘉文漸漸的信任起這位長輩，於是嘉文慢慢將方母當成能傾吐心事的長輩。

聖誕節即將來到，嘉文和一群義工伙伴決定要在育幼院辦一個小小的晚會，大中和田元知道後，主動要求參加幫忙，知道消息的子浩也自告奮勇的拿出店內的玩具來參與公益，感動的田元不自覺地和子浩和好，一切又彷彿回到了沒有爭吵的時候。

同時，光宇邀嘉文一同參加上流社會的聖誕晚會，嘉文一口回絕了，這事讓光宇很生氣，憤而掛掉電話，不懂光宇為何生氣的嘉文感到困惑，但她很快就將光宇的事情拋在腦後，因為那是不太重要的事情。

嘉文和大中一起在忙著佈置，就在看護爬上梯子在裝聖誕樹上的星星時，子浩和田元也一同來到了育幼院，搬著滿滿一車的玩具禮物來送給孩子。

就在此時，站在梯子上的看護則緊緊盯著田元看，又

在田元的目光轉向他時躲開，但不捨的目光卻始終追著田元的身影。

光宇氣憤得去參加晚會，現場請來了許多的美麗名模參加，美麗和俊希光宇一同在現場，想要忘掉不愉快的事情，光宇放縱的與眾富家子弟玩牌賭錢享樂著，他們看著一位身材火辣、穿著曝露的女模從他們眼前走過，賭紅眼的一名富家子指著那位美女對光宇說，如果他今晚能上了那個女人的話，他的法拉利就輸給他；如果沒有成功，你的白色賓利車就歸我了。

受不了人激的光宇馬上同意，眼光直追著漂亮的名模，勢必要得手。拿了杯酒走了過去……

子浩有一箱玩具忘了拿要先離開，而衣服不小心被勾破個大洞的田元也跟著子浩走，就在這時，看護跟方母說了個理由便追了出去，目光跟在田元身後，不敢叫喚她，叫了車跟了子浩的車來到住處。

子浩將田元載回住處，自己先行離開，在田元換衣服時，敲門聲響起，以為是子浩的田元，打開門，見到的竟然是那名看護，田元看著這名婦人，而婦人流淚不止的看著田元不發一語。

田元拒絕了這位自稱是母親的人的接近，她恨眼前的這個女人，關上門拒絕所有的解釋，她只好離開。過了不久子浩回來，敲了許久的房門卻得不到回應，好不容易打開的房門，竟是田元的淚臉，心疼的將田元擁入懷中，好好的讓她大哭一場，並細聽她的訴說。

光宇從晚會中出來，意氣風發的調正自己的領帶，門口一群看好戲的公子哥們看著光宇出來，看著對賭的富少大手一揮的光宇說著，我的車匙呢。

光宇開走法拉利……

在一旁的美麗看著光宇的行徑十分不能認同。覺得嘉文的幸福不能夠交給這樣的一位花花公子上，一定會浪費

青春，不會有真正的愛情的。

育幼院的聖誕節公益活動，大中打扮成聖誕老人，傾聽著孩子們的願望並送禮物，就在所有人都拿到禮物之後，孩子們竟然起哄著要嘉文也要坐在聖誕老人身上許願拿禮物，十分興奮的嘉文當場坐在大中的腿上，但在許願完後，孩子們卻要聖誕老人給嘉文祝福的親親。

尷尬的大中正手足無措時，嘉文竟然傾身向前給大中一個吻，這讓聖誕公公大中呆立現場，不知該作何回應，但嘉文卻像沒事一樣嬉笑著。

聖誕節當天晶晶再一次找到大中，因為活動的事讓大中公司的知名度大開，而旅行社也有意再次給大中機會，大中開始覺得自己的人生開始充滿著光明的前景，彷彿是聖誕老人給自己一份大禮物。

方玉蓮今天出院，陳建勝帶她回家，不巧光宇正帶著嘉文回家，看見了方玉蓮，這時嘉文才知道原來自己常常

看到的這個人就是光宇的父親。

光宇為了方玉蓮的事和陳建勝產生爭吵，一時氣不過的陳建勝突然休克暈倒，光宇當下嚇住，嘉文拿起手機撥打電話趕緊叫救護車。

救護車載走了陳建勝，方玉蓮緊張得陪在一旁。嘉文看著心神不定的光宇，安慰著他，並且勸說他不妨祝福方玉蓮和陳建勝，應該接受這兩位老人晚年的戀情。

雖然大中不懂嘉文為何性情大變，但他也重新思考著這一切，事情有了新的轉機。大中在晶晶的幫助之下，順利的談著生意，也和晶晶成了好朋友，但是晶晶卻喜歡著大中，並對大中表白。晶晶表白的時候，正巧光宇載著嘉文回家拿東西，撞見倆人相擁親吻的嘉文十分愕然，悄然的退了出去，要光宇載著自己離開。

嘉文對著自己心中的痛楚感到不知所措，這種心痛就是嫉妒。

對於晶晶的告白，大中婉轉的拒絕了，因為他心中喜歡的是嘉文，於是晶晶只好失望的退出，讓兩人成為兄妹般的情誼。

方母再次請了之前的看護田媽來照顧陳建勝，並通知子浩，陳建勝要住院的消息，要子浩來看自己的父親，電話那頭的子浩心裡複雜考慮著。田元勸說百般不情願的子浩，告訴他起碼他的父親還健在，不像她，連父親的面都再也見不著了。

最後在田元自願的陪伴下，子浩才願意去醫院見陳建勝，方母細心的照顧陳建勝，在這種情況下，光宇看在眼裡，開始慢慢地接受了方玉蓮，但他嘴上不說……

光宇前腳剛走，子浩與田元來到門口，為了安慰方母，田媽說出自己的過去，那是一段她曾經做的錯事，而這個錯，讓她喪失了所有愛自己的人。

當田元打算硬拉著子浩進去的時候，無意間聽到了田

媽所說的話，在她感動的同時，覺得這個情形怎麼和自己有點像？

　　於是田元打開門，看著一臉錯愕的田媽大聲吼道，這種事情，妳寧願去告訴外人，為什麼不肯告訴我，說完便衝出房門，看著呆站在原地的子浩，方母趕忙叫子浩快跟著過去以防有什麼意外，然而田媽卻只能流著淚，不敢追上去。

　　光宇回到公司，在他辦公室，見到桌上莫名放著一份報紙，上頭用紅筆圈著一個報導，是大中公司執行活動的消息。氣憤的光宇立刻喚來了俊希，並將報紙摔在俊希的臉上，質問他為何沒有完全的封殺高大中。

　　俊希立刻回答說會再去處理的同時，心中卻冷笑著你這公子哥還真受不得激，不過也就是這樣才會更有樂趣啊！原來放報紙的人正是俊希。

　　子浩追上了跑開的田元，拉著她在醫院的庭院內坐下

勸著她。當初妳是怎麼對我說我父親的事情，今天輪到妳了，難到妳就不能反過來想一想，好好地面對妳自己的母親嗎？

看著田元流淚的雙眼及倔強咬著雙唇的模樣，子浩知道自己會一輩子保護著這個飽受傷害的小女生。

俊希安排嘉文和美麗在一起工作，一同為某家廠商代言站台，嘉文因為能和美麗工作感到高興，也為美麗越來越能朝向自己的目標前進而興奮，但美麗覺得這一切並不是靠她的實力，而是靠她的身體得來的，她不能說，尤其是知道陳光宇在外頭和女人亂來的事情後，她只能一直保持沈默。

看著不似以往一樣開朗的美麗，嘉文感到疑惑，但是美麗卻不肯說，嘉文也只能隨著美麗去了，但她告訴美麗，真有事的話儘管找她幫忙，她永遠會站在美麗這一邊的。

俊希派人去調查大中的事情，知道之前曾來打工的小

女生田元，竟然也在大中的公司上班，而且還有一個叫陳晶晶的女人和高大中走得很近，於是他打算利用這兩個女人來打擊大中。

　　光宇一個人再次來到了醫院，正巧見到了清醒的父親和方母間的深情，以及他們談論著以前在一起的點點滴滴，於是他明白方母和父親之間的感情是真實的，也決定接受方玉蓮成為父親的晚年老伴，但是光宇對著方玉蓮及父親，明白的說著，可以接受方阿姨，但是絕對不接受方子浩，他可以忍受別人分享父親對自己的愛，但決不能容許有人瓜分父親給他的財產。

　　俊希打電話去大中的辦公室，正巧是田元接的電話，在知道大中不在之後，他故意可惜的說要介紹大中一個客戶項目，上勾的田元立刻說可以去找他拿資料。沒想到到了林俊希那裡之後，卻差一點被他強暴，好在美麗的突然出現救了她，讓她得以順利逃離。

走在路上的田元，不知道該去那裡，走著走著來到了方家，子浩打開了門，見到的竟然是田元，田元一見到子浩便抱著他，大哭了起來。

　　子浩手忙腳亂的安慰著田元，卻不知道到底發生什麼事，只好將她抱起放在沙發上，脫去田元的外套，見到田元衣衫不整，趕忙將外套給拉好，以免春光外露。

　　面對子浩的逼問，田元只是流著淚搖頭，看到田元身上傷口的子浩，只好優先處理田元身上的傷口不敢多問。

　　美麗因為去找俊希見到田元差點被強暴，便質問俊希到底在幹什麼，看著田元逃跑的林俊希，甩了美麗一巴掌，怪她破壞自己的計劃，美麗瞪著他，了解到自己跟錯了人。

　　因為方母不在家，子浩讓田元去洗個澡再換上新的衣物，洗好澡的田元窩在沙發上喝著子浩泡給她的熱巧克力時，子浩凝視著田元，低下頭吻了她。

　　美麗出現了。覺得不太對勁的嘉文詢問著美麗，但美

麗卻什麼也不說，只是要嘉文小心，而美麗也決定，要暗中搞清楚俊希在搞什麼鬼。

　　陳建勝在獲得光宇同意後，打算迎娶方玉蓮，但玉蓮反對並告訴陳建勝，她並不想要陳建勝的一切，只要兩人能持續現在的樣子就好了，可是覺得虧欠的陳建勝則想給方玉蓮一個盛大的婚禮，便開始展開積極的追求，一定要方玉蓮同意才行。

　　因為陳建勝生病，明日集團大肆收購紅白集團的股份，進一步的想要佔地盤。

　　光宇忙著處理這些重要事情，卻忽略了嘉文，在幾次打電話給光宇，卻以太忙回絕見面後，嘉文開始覺得沒什麼意思，竟然對我忽冷忽熱不理我，而一直在嘉文身旁守候的大中，彷彿愛情出現了曙光。

　　本來只搞盜版的俊希，卻被要求去盜取紅白集團的企業機密，俊希當下同意，他決定要好好地整一下這個富家

公子哥。

因為紅白集團的情況危急，光宇去醫院尋求父親的幫忙，想要靠父子倆人攜手渡過難關，但陳父卻覺得這是一個測試兒子光宇的好機會，於是拒絕了。陳光宇覺得父親因為方玉蓮而變成了不管公司的紙老虎，大罵方玉蓮，方母委屈得無法回話，陳父則大罵光宇，說如果不搞定這件事的話，公司集團繼承人的位置也別想做了，光宇一氣之下離開，留下氣呼呼的陳建勝。

俊希約美麗吃飯，向她道歉，已經看透俊希的美麗決定敷衍他，好搞清楚他到底在搞什麼。

子浩和田元因為先前的事件成了男女朋友，當子浩再次帶著田元去醫院時，陳父對於這個小兒子有了新的看法，暗地裡打算找機會測試子浩的能力。

沒有陳光宇的阻礙，大中的事業發展得越來越好，精神狀況越來越佳的嘉文經營起自己的咖啡店，兩人的關係

在平淡中越見增長。

俊希為了能夠得到紅白集團的企業機密資料，在光宇的辦公室裝了錄音機，並因此得知紅白集團正打算和韓國知名手機企業洽談代理權，便將這個好不容易知道的情報透漏給明日集團，進而打算知道集團投標的價錢，好賣給明日集團得個好價錢。

子浩帶著田元去找大中，告訴他田元差一點被強暴的事，大中知道後，十分震驚，不敢相信俊希竟然會做出這種事情。

一旁的吳啟榮知道後告訴田元，女生一定要有自保的能力，便教田元幾招防身術，好應付突發狀況。

子浩和田元甜蜜的模樣被嘉志看到了，知道自己再沒機會的他，辭去了大中公司的工作，再度回到線上遊戲中，但卻發現自己帳號裡的寶物及虛擬貨幣全部消失不見。

原來是網路上的同伴盜用了自己的帳號，私下賣掉他

的裝備。對人性失望的嘉志，這時見到了吳啟榮，他再度扮演起大哥哥的角色，安慰著嘉志並帶他去花店，教導他如何從植物中找到真正的自己。

為了調查俊希的事，美麗的表情開始變得奇怪，嘉文每次想追問，換來的卻是她的敷衍，而且美麗也不再對嘉文說光宇的好話，這讓嘉文越來越感到奇怪。

為了能讓光宇分心，好順利的盜取情報，俊希找上大中，想要逼退大中追求嘉文的舉動，但他不知道上次想強暴田元的事情已經被大中知道了，兩人為此打了一架，大中痛打俊希。

被打的俊希向大中撂話，告訴他絕對無法給王嘉文幸福，大中則開始認真地思考自己對嘉文的感情及一切，但他卻發現自己已經無法停止對嘉文的愛慕。於是他對嘉文告白，並將選擇權交給嘉文，因為自己希望嘉文能夠幸福。

陳建勝與方玉蓮的感情與日俱增，但求婚卻一直遭拒

絕，深感挫折的他便將主意打到了方子浩身上，他要子浩也繼承紅白集團，這樣不論如何，方玉蓮再也離不開他了。

於是，陳建勝叫來了光宇與子浩，當場宣佈，誰能夠取得和明日集團的合作，或是與明日集團的千金胡安娜結婚的人，以及能夠拿下韓國知名手機代理權的，就可以來繼承集團執行長的位置。

本來不想理會的子浩，在陳光宇的刺激下，接受了挑戰，同意了這項條件。

嘉志在吳啟榮的教導之下，開始對花花草草產生了興趣，決定待在花店打工找尋他真正的理想與目標。

子浩對自己答應陳建勝一事後悔不已，跑去和田元談論著陳建勝的條件，但田元卻告訴子浩這是測試他自己實力的好機會，不管怎樣都不會有損失，自己也願意助他一臂之力。子浩知道自己放不下田元，也不可能去追明日的千金安娜，於是便想出別種方法和明日集團合作，並和田

元一起準備去韓國，搶下手機的代理權。

知道陳建勝決定的陳光宇，十分震驚，一向都以為自己會單獨繼承家業的他，卻遭到了打擊，於是他決定要不擇手段的搶回一切，包括得到明日集團的千金，但是他想起了嘉文的存在，不願意放棄一方的陳光宇，決定隱瞞一切，私下進行著追求行動。

大中的告白讓嘉文十分困惑，這時，陳光宇的追求突然中止，於是嘉文開始認真地思考著感情的事情，自己到底是要死抓著過去不放，還是勇敢追求新的一切。

在一切的機緣巧合下，大中發現陳晶晶竟然就是陳光宇的妹妹，震驚不已的大中，考慮著是否還要再和晶晶合作，但她告訴大中自己和紅白集團一點關係都沒有，她的人生要靠自己來選擇。

光宇下定決心，不擇手段去追求女娜，鮮花和名貴禮物全送上，但胡安娜卻不為所動，急壞了陳光宇，也讓俊

希在背後偷笑，並趁著光宇注意力沒有放在公事上時，偷取公司的機密資料。為了知道俊希的詭計，美麗跑去買了監聽器來偷聽俊希的一舉一動，並暗中尾隨，甚至還大膽的提議俊希自己也要跟去，沒有提防的俊希當下同意，終於讓美麗知道了他背後的陰謀詭計。

子浩找上了安娜，但出乎安娜意料之外的是，子浩並不是來追求她的，而是很誠懇的提出和明日集團的合作方案，這點讓胡安娜深感興趣，一個是拐著彎追求的陳光宇，一個是光明正大談合作的子浩，小小的計謀開始在胡安娜的腦子裡成形。

大中新接了一個案子，是宣導捐款救助兒童病患的公益廣告活動，常做愛心公益幫助弱勢的嘉文知道之後，主動爭取擔任這個宣傳的代言人，沒想到，這件事使得狗仔隊有機可乘，拍下了嘉文與大中的親密照片，鬧得沸沸揚揚。

光宇知道這件事後，跑去質問嘉文，被莫名其妙質疑的嘉文生氣了，她自認自己並沒有做錯任何事情。於是她對著光宇發脾氣，你相信我嗎？了解我嗎？愛不就是要全心全意地對待並信任，為何不肯撥出一點時間來了解最真實的我呢？

　　但是光宇只是淡淡地看著嘉文，丟下了一句話，女人需要的只是被愛，而不是被了解，光宇拿出身上的信用卡，除此之外，你還要什麼？賓士車、鑽石、錶，還有什麼不滿足的，我都可以買給妳。

　　嘉文看著光宇，知道這個人不是自己想要的，而她想要的是大中嗎？緋聞事件爆發後，大中怕嘉文不高興，決定躲著嘉文，讓這個消息隨著時間淡化，正巧旅行社那裡接到了新的案子，為了讓大中散散心，陳晶晶提議去考察旅行一番，這樣才能做出漂亮的企劃案。

　　跟安娜挑明自己並不是來追求她之後，子浩和田元便

將全部的心力放在爭取手機的代理權上，並在光宇未行動之前，先行飛到韓國去，一邊準備資料，一方面擬定計劃。

美麗在知道俊希是將機密賣給明日集團之後，便一直在考慮著如何揭發他。

美麗在餐廳碰到了安娜和光宇，安娜惡整著光宇，讓光宇為了討好她而奔波，趁著光宇離開之際，美麗走進安娜身邊表明自己握有集團的把柄，要胡安娜一塊私下談談。

安娜早就派人調查了陳光宇身邊的人，當然知道美麗這號人物，當下欣然同意，只留下買完禮物回來後，見不著安娜人影的光宇。

嘉志在吳啟榮的花店打工，發現到自己其實很喜歡花花草草，再加上吳老闆的鼓勵下，決定重拾書本，準備去唸書考園藝系，追逐自己的夢想。

因為都要去韓國首爾，子浩、田元、大中、晶晶同時

前往韓國，也恰巧住在同一家旅館裡，只有出門時才分批進行工作。

大中和美麗逛了各個風景勝地，也品嚐了韓國當地小吃美食，晶晶精心策劃了最好的行程，想要拉近與大中的距離。

至於子浩和田元則是追尋當地年輕人常遊玩的地方，及參觀紀念館，好掌握所有的資料並順便滿足田元的願望，因為田元最大的夢想，就是能來樂天樂園，並留下自己的回憶。

胡安娜和美麗密談之後，知道俊希其實正在幹不法的勾當，而對象正是紅白和明日集團，接受了美麗勸告的安娜，其實心中另有想法，因為派人去搜集紅白集團機密的人，其實正是胡安娜。

陳光宇追求胡安娜的事情被狗仔隊爆料了，上了八卦雜誌，當然爆料的人正是林俊希，一場三角戀情鬧得沸沸

揚揚。看到報導的嘉文拿著雜誌想去問個清楚，自己明明沒有和陳光宇交往，為何被扯入多角戀之中，但急著去首爾參加競標會的陳光宇，以為嘉文是來質問自己為何去追胡安娜，便心虛的敷衍了事，藉故離開。

這個舉動只是使嘉文感到莫名其妙而已，光宇離開後，站在原地愣了十分鐘，發現自己滿腦子其實只有高大中，陳光宇根本不在她的心坎裡。

子浩和田元一起來到樂天遊樂園遊玩，見到一位老婦人被三、四位年輕人欺侮，嫌老婦人走路慢，擋住去路，並惡言漫罵婦人，富有正義感的田元及子浩，當下跑過去了解情況，並喝阻對方，田元使出了花店吳老闆教的女子防身術一招半式，威嚇對方。子浩手拿手機假裝要報警，成功把對方嚇跑，田元得意的哈哈大笑起來。

一旁被救的老婦人連聲感謝。田元和老婦人一見如故，開心得聊著，婦人十分好奇這樣一位小女孩，竟懂得

如此多，當下對田元的印象非常深刻。

第二天子浩帶著田元參加代理權的競標會，和光宇同台競爭的子浩和田元因為沒有經驗，也沒有送禮打點，眼看要失敗之際，一個出乎意料的人出現了，出現的人就是那天田元救下的老婦人。原來她就是韓國手機總公司的社長夫人，她堅持代理權一定要交給懂年輕人想法及了解手機行銷如何更年輕化的人，便當場考了幾個題目，結果……田元全答對了。答對了社長夫人心中的答案，代理權落到了田元和子浩的手上，連他們自己也不敢相信，竟然順利拿到了代理權。

明白自己心意的王嘉文心中想再見大中一面，於是她收拾了簡單的行李，準備出門要去找大中，美麗突然出現在嘉文家，認真地告訴嘉文，自己的幸福要自己去追尋。

嘉文點點頭，以從未有過的明朗心境看著美麗，告訴她自己是認真的，說完後，就在美麗驚訝的目光中離開，

去尋找自己的幸福。

嘉文出發前打電話給大中，沒想到打不通，只好打給田元，告訴她自己要去首爾找大中，又驚又喜的田元趕快打手機通知大中，不敢置信的大中立刻和晶晶準備去機場接嘉文。

大中到了機場後，便和陳晶晶在機場內四處搜尋著嘉文的身影；但就站在不遠處的嘉文，則看見大中和晶晶有說有笑動作親密的模樣不太高興，心中五味雜陳，正想往前走去，後面一隻手拍上了她的肩膀，嘉文轉過頭一看，竟然是光宇站在自己身後，光宇以為嘉文是來找他的，當下開心的緊緊摟著嘉文要離開，而嘉文只是一直回頭看著遠去的大中，卻提不起勇氣去叫喚他。

胡安娜知道俊希的做法會害了明日集團，便打算設計俊希跳入陷阱之中，一次解決掉，而最好的合作對象，當然是美麗了。

回到家的嘉文精神又出現了異樣，本來穩定的情緒又逐漸反轉，大聲叫喚吶喊，情緒反常的咬自己的手，並反鎖在房內。光宇打不開房門入內，第一次發現嘉文的狀況，嚇得不知道如何處理，只好離開。

　　在機場沒接到嘉文的大中，打電話給嘉文，手機卻是關機，他一直在機場苦苦等待，陳晶晶只能心疼的在一旁陪伴著他，一直等到了深夜，田元打電話來，說嘉文已經回去了，可以不用等了，大中才死心的準備離開。

　　這時候，晶晶突然抱住大中，要他放棄嘉文，但大中只是推開了她的手，搖搖頭，因為他知道，他這輩子心中都只會有嘉文這個女人，心中再也不會有其他人。

　　田元和子浩順利接下了手機代理權後，接下來十分的忙碌，忙著與韓國方面的團隊接洽，以及開店事宜，因為這次的合作案使得兩人的感情更加緊密。

　　俊希在不經意中得到一個企業情報，原來是明日集團

要和某家海外公司一同合作，進軍美國市場。

想要大撈一票的俊希在美麗的鼓勵之下，躍躍欲試，並找機會和對方接觸，以便能順利入股公司集團股份。

嘉文的狀況越來越嚴重，不知道如何處理的光宇在看過幾次嘉文後，決定先將重心放在能夠幫助他成功的富家女胡安娜身上。

面對光宇對感情的無情，嘉文痛心陪伴在她身邊的，除了美麗之外，再也沒有別人了。

看著嘉文再次痛苦的模樣，美麗後悔自己當初沒有阻止她和大中的事，也責怪自己不應該介紹富家公子陳光宇給嘉文。大中一直打電話給美麗，要找嘉文，美麗狠下心杜絕兩人的聯絡，並告訴高大中要他放棄嘉文，不要再去追求她了，讓她這段日子好好的冷靜休息一陣子。

聯絡不到嘉文的大中，心中很著急，突然電話響了，他以為是嘉文來電，火速接電話，原來是客戶來電，有項

目希望大中能到加拿大去，大中猶豫著，卻又真心放不下嘉文，客戶項目非常重要，公司需要這個大項目賺錢，但是他又找不到嘉文，還是先把客戶的事完成後再說吧！

達到目標的子浩和田元向陳建勝報告目前成果，陳董十分滿意子浩的表現，要他們加快開連鎖手機專賣店的目標，而又嫉又恨的光宇只能咬著牙，更加堅定了自己要追到胡安娜的決心。

俊希更加不擇手段的盜取紅白集團的商業機密來賺取金錢，但他的舉動讓陳光宇注意到他的不對勁，開始對他起了警戒心。

這一天，精神恍惚的嘉文來到了常去的咖啡店，卻剛好見到了陳光宇和胡安娜在店裡，狀似親密，發現了陳光宇腳踏兩條船，和富家女胡安娜約會。嘉文終於看透了這一切，大步的走了過去，在陳光宇面前，將手上昂貴的鑽石手鍊拆下，交還給了光宇，一切都結束了，我再也不想

再見到你，說完之後，嘉文再也不留戀的轉身離開。看著轉身離去的背影，光宇不發一語。

而胡安娜則是落井下石的笑著光宇，告訴他自己對他一點興趣也沒有，追我的富家子多的是，也轉身就走。

剩下什麼都沒得到手的陳光宇，一人坐在咖啡店裡……

嘉文離開光宇之後，真心的看清楚自己的內心深處，不要再次的左右搖擺不定，她知道，陳光宇並不是她想要的，但是自己想要的高大中已經是別人的，再也不是自己的了。

在路上漫無目的走著，遊蕩了一整晚，疲累的嘉文在門口看見了等她一天的大中，看著模樣倦怠的嘉文，大中沒說什麼，靜靜的不說一語，陪了她一晚。

大中趁著嘉文睡覺時，寫下了代表心情的信，就在這一夜過後，大中決定要去加拿大，遠離這一切。

大中在告訴田元，決定要去加拿大後，整理著衣物，並感謝田元的協助。田元感傷的看著大中，大中托付給她一箱東西後離去，田元決定，一定要替大中完成一些事。

　　俊希忙著和亞太集團合股，所有的事表面上看起來都進行得十分順利，自己甚至和亞太及明日集團高層開過會，但是俊希卻覺得有那裡還是不對勁，他說不上來，再加上被利益衝昏了頭，不顧一切的一腳踏入。

　　沒想到，就在他將資金全投入之後，一切都變調了，亞太集團像是蒸發了一樣從世上消失，公司人去樓空，找不到相關人員，連帶著自己的財產都全部不見了。

　　俊希無法承受這種打擊，瘋狂的想找回以往所擁有的一切，但當他回唱片公司時，同事對他的眼光都讓他芒刺在背，他在公司坐不住，美麗也找不到人，正當他手足無措之時，富家女胡安娜出現了。

　　大中在子浩和田元的送行之下，就要前往加拿大，大

中交代子浩要好好照顧田元，子浩才點頭，田元就忍不住哭了，看著真性情的田元，大中安慰的笑了，雖然這塊土地有著令人難過的情傷，但有這些真心的朋友就夠了，帶著最後的一點欣慰，大中踏上了飛機飛往全新的國度。

失去了心愛的人，以及繼承人的身份後，光宇天天借酒澆愁，不忍見他如此折磨自己的嘉文，出自內心的安慰光宇，並以朋友的立場不斷開導，終於使光宇再次站了起來，至少有勇氣面對一切困難，一一去解決。

大中走了之後，田元整理著大中給她的箱子，發現了一個信封上面寫著嘉文收，這是一封沒有寄出去的信，心想是大中要給嘉文的，於是，田元去找嘉文，並把信親手交給了她，告訴她，幸福是要兩個人一塊去完成的，如果一直錯身而過的話，幸福很快就會溜走。

嘉文看著手中的信，想起了與大中相處的種種回憶，流著淚看完了信。

於是，她知道接下來應該怎麼做了。

每一個女人　都希望在感情上桃花朵朵開～

每一個男人　都是女人的一朵桃花

女人接受男人就是好桃花

不接受男人就是爛桃花

但我一直真心希望

我是妳的一朵好桃花

這些日子，我的心情，我的生活，隨著妳的喜怒哀樂

起伏～

但，我盡力了，

愛不在　情難了

那一天仰望天空

妳說天是藍的　雲是黑的

我說愛是真的　情是濃的

愛情到底是什麼

總是讓人猜不透

天天天天　反覆的思念

代表對妳的愛情永不變

那一夜　浪漫夜

令人心碎的夜晚

兩行熱淚

卻不聽使喚的流下

傷心的眼淚

如果能夠重來一遍

時光倒流重回原點

是否心就不會那麼痛

太多的難題　等待去解開

別說妳不會　別說妳不懂

妳永遠不知道

愛妳的心有多痛

或許時間會沖淡

對妳的思念

那麼就不再為妳　傷心流淚

我的心

就這樣徹底被摧毀

得來不易的緣份

是否已將我的心粉碎

或許愛讓我迷惘產生錯覺

愛已不在　情更難了

妳永遠不知道

傷了心　愛遠離　情卻難了！

　　胡安娜告訴林俊希，其實這一切都是她安排的，空頭公司是她弄出來的，因為你大幅度的動作會影響到明日集團的安排，一切都只能怪自己太躁進，想賺錢怪不得別人。

　　不敢置信的俊希看著胡安娜，怒火攻心的他賞了她一

巴掌並打她，安娜拿出小刀抵抗，卻被俊希搶了過去，就在俊希將胡安娜壓倒在地上時，光宇帶著一群警察出現，而俊希也劃了安娜身體一刀鮮血直流，警察馬上制服行兇的俊希上了手拷。

警方帶走了俊希，原來這一切都是安娜設計好的計謀，讓美麗去通知陳光宇，目的是要讓俊希犯下殺人罪，進監獄去吃牢飯。

看著大中留給自己的信，嘉文決定，這一次的幸福，要由她自己去努力追尋，不再等待幸福上門。

子浩和田元的連鎖手機專賣店開幕了，邀請名人在店前開心的剪彩，而子浩也當著眾人的面，送給田元一枚戒指，抱起害羞的田元開心旋轉著。

方玉蓮帶著陳建勝到她任職的幼稚園去，看著天真無邪的孩子們，陳建勝第一次了解到什麼是單純的幸福，而幸福，卻又是如此的簡單。

公司開會子浩走進會議室，拉起了坐在位子上的光宇，要他坐上公司集團大位並告訴他，我的能力還是只能開個小店而已，像這麼重要的位子，還是只有你才能勝任，不是嗎？大哥。

光宇難以置信的看著笑容滿面的子浩，再看他伸出誠懇的手，叫他大哥，光宇激動的緊緊握住子浩的手而淚流滿面，這個位置應該由我們兩兄弟一起來坐，一起把公司發揚光大再創高峰。

俊希站在法庭中，聆聽著法官的判決，一臉沮喪，得到應有的判刑。

吳啟榮在花店裡照顧著花，嘉志拿著學校錄取通知單，快樂的到店裡與吳老闆分享。

美麗當上名模，在各大城市巡迴走秀。

而她，嘉文即將前往加拿大，去追尋曾經可以真正擁有的真愛……

大好文學 2

愛在‧桃花盛開的日子

作　　　者｜高小敏
出　　　版｜大好文化企業社
榮譽發行人｜胡邦崐
發行人暨總編輯｜胡芳芳
總　經　理｜張榮偉
主　　　編｜古立綺
編　　　輯｜方雪雯
封面設計｜陳文德
封面插畫｜Bai Lee
行銷統籌｜胡曉春
客戶服務｜張凱特、張小葵
通訊地址｜11157臺北市士林區礦溪街88巷5號三樓
讀者服務信箱｜fonda168@gmail.com
讀者服務電話｜02-28380220、0922309149
讀者訂購傳真｜02-28380220
郵政劃撥｜帳號：50371148　戶名：大好文化企業社
版面編排｜唯翔工作室 (02)2312-2451
法律顧問｜芃福法律事務所　魯惠良律師
印　　　刷｜鴻霖印刷傳媒股份有限公司　0800-521-885
總　經　銷｜大和書報圖書股份有限公司 (02)8990-2588

ISBN　978-986-93835-9-2（平裝）
出版日期｜2018年12月28日初版
定　　　價｜新台幣150元
All rights reserved.
Printed in Taiwan

國家圖書館出版品預行編目資料

愛在‧桃花盛開的日子 / 高小敏著. -- 初版. -- 臺北
市：大好文化企業, 2018.12

128面；15×21公分. --（大好文學；2）

ISBN　978-986-93835-9-2（平裝）

857.7　　　　　　　　　　　　　　107020959